Noël

CATALOGUE

DES

PEINTURES

SUR

FAÏENCE GRAND FEU

PAR

Gustave NOËL

DONT LA VENTE PUBLIQUE AURA LIEU

HOTEL DROUOT, SALLE Nᵒ 5

Le Vendredi 2 Mars 1877

A TROIS HEURES PRÉCISES

Mᵉ Léon TUAL, SUCCESSEUR DE Mᵉ BOUSSATON

Commissaire-Priseur, 39, rue de la Victoire

ASSISTÉ DE **M. G. MEUSNIER**, PEINTRE-EXPERT

27, rue Neuve-Saint-Augustin

EXPOSITIONS

PARTICULIÈRE	PUBLIQUE
Le Jeudi 1ᵉʳ Mars 1877	Le Jour de la Vente
DE 1 HEURE A 5 HEURES	DE 1 HEURE A 3 HEURES

CONDITIONS DE LA VENTE

Elle sera faite au comptant.

Les acquéreurs payeront *cinq pour cent* en sus des adjudications, applicables aux frais.

1

La vogue est aujourd'hui à la Céramique. On l'aime et
on la pratique sous toutes ses formes; on recherche avidement
tous ses produits. Les beaux types anciens de Rouen, de Delft
et de Nevers, de Strasbourg, de Marseille et de Moustiers se
paient au poids de l'or. Les faïences d'Oiron connues sous le
nom de Faïence d'Henri II, excitent, lorsqu'elles paraissent sur
la table des commissaires-priseurs, les plus ardentes compé-
titions entre les amateurs qui se les disputent sous le feu des en-
chères. Il faut être plusieurs fois millionnaire pour se permettre
de les posséder. Les beaux produits de Sèvres n'appartiendront
plus bientôt qu'aux têtes couronnées ou aux musées nationaux.

La Céramique moderne, patronée aujourd'hui par la mode,
n'obtient pas un moins vif succès. Les Deck, les Collinot, les
Parvillée, les Ulysse de Blois, figurent aujourd'hui dans toutes
les collections de quelque importance.

M. Gustave Noël n'est plus de ceux qui ont besoin d'être
présentés au public, ses œuvres sont pour lui la meilleure et
la première des recommandations; il a déjà pris, parmi ces
maîtres, une place qui ne saurait être contestée. Une galerie ne
sera désormais complète qu'à la condition de contenir quelque
plaque décorée par lui.

M. Gustave Noël n'est pas le seul artiste de son temps qui
ait voulu donner à ses tableaux l'inaltérabilité triomphante et
l'éternelle durée que le feu et l'émail communiquent à ces pro-
ductions d'une nature toute particulière; beaucoup de peintres
de talent entrent dans cette voie, et chacune des expositions

atteste la faveur croissante dont le public entoure cette forme nou-
velle de l'art. Mais M. Noël se distingue d'eux tous par la spé-
cialité d'un procédé qui lui est propre, et qu'il a le mérite d'ap-
pliquer à ses tableaux comme d'autres le font pour la céramique.

II

La plupart des tableaux sur faïence qui passent sous les
yeux des amateurs sont peints sur émail cru. Expliquons le
sens de cette expression qui serait lettre morte pour les gens qui
ne sont pas du métier.

L'artiste qui veut peindre sur cru commence par tremper
sa plaque de terre dans un mélange liquide, à base d'étain, qui,
en se séchant, devient une véritable poudre, fine, légère, mobile,
fugace, que le moindre attouchement peut faire disparaître, qui
n'a qu'une adhérence instable avec la plaque qui la supporte.

C'est sur cette poussière qu'il faut peindre, opération sin-
gulièrement délicate, parfois impossible, quand la poussière
d'émail se dérobe, se dérange ou s'enlève. Il est impossible de
poser délibérément les grands à-plats sur une surface si chan-
geante pour déterminer à priori l'effet d'ensemble d'un tableau;
impossible d'en mener de front et jusqu'au bout les grandes
masses pour lesquelles il faut prendre un parti. On doit se
contenter de parfaire les morceaux l'un après l'autre, sauf à
les raccorder ensuite.

Cet inconvénient est grave; mais il n'est pas le seul. Le
peintre sur cru ayant besoin d'une certaine rectitude de trait pour
des détails particuliers de son œuvre, pour l'architecture, par
exemple, on ne peut guère l'obtenir sur la surface mobile où il
opère. Au lieu de rester ferme et droit, le trait grossit et se dé-
forme, et après la cuisson, ces erreurs deviennent irréparables.

L'artiste qui n'est pas habitué de longue main à toutes les

difficultés et à tous les obstacles d'une exécution aussi scabreuse, hésite, se trouble, et perd son temps dans cette initiation matérielle, aussi ennuyeuse qu'elle est indispensable.

Pour peindre sur cuit, le procédé est différent. La plaque de terre est toujours plongée dans le mélange stannifère ; mais, au lieu de peindre sur elle, après cette première opération on la fait recuire avec son émail, qui, au lieu de rester poudreux et d'un maniement difficile, devient au contraire résistant et d'une blancheur parfaite.

Mais M. Noël ne se contente pas de cette première préparation, il recouvre cette plaque d'une seconde couche stannifère, avec de si heureux procédés qu'il peint sur cet émail avec autant de facilité que sur du papier d'aquarelle. Le premier émail, celui que nous avons déjà vu soumis à la cuisson, lui sert de dessous, et fournit à ses fonds des ressources précieuses et inattendues, tout en le laissant maître de corriger sa ligne, de nourrir ses tons, et de donner plus ou moins d'intensité à ses effets. Le céramiste, avec lui, cesse d'être l'ennemi du peintre pour devenir son aide. Tous deux concourent maintenant au même but, qui est la perfection de l'œuvre. M. Gustave Noël arrive ainsi à des tons fondus, profondément incorporés dans l'émail qui donnent à ses faïences d'art un éclat d'une extrême douceur, tout en leur laissant leur irréprochable glaçure et leur complète inaltérabilité — l'Inaltérabilité ! n'est-ce point là le grand désideratum de la peinture, dont nous voyons trop souvent les chefs-d'œuvres si misérablement compromis par l'action du temps qu'ils en deviennent parfois méconnaissables.

Voué au paysage par ses goûts, par ses études et par la nature de son esprit et de son talent, c'est au paysage que M. Gustave Noël applique particulièrement le procédé si précieux dont il est l'inventeur, mais dont le genre et la peinture d'histoire pourraient bien faire également leur profit.

III

Ce compte réglé avec le métier, occupons-nous maintenant de la question d'art. Les spécimens de ses travaux que M. Gustave Noël offre aujourd'hui au public sont d'une variété extrême. Voyageur infatigable, il nous promène avec lui dans les pays charmants où sa fantaisie le conduit. Parcourons en sa compagnie nos provinces de France, le Dauphiné et le Berry, la Bourgogne et la Touraine, la Normandie et la Bretagne. Nulle part nous ne saurions trouver un plus aimable guide. Il y a peut-être des collections plus nombreuses que celles-ci, il n'y en a pas de plus variées. Villes aperçues à vol d'oiseau comme des panoramas gigantesques, châteaux superbes, humbles chaumières, ruines grandioses aux aspects mélancoliques, matinées printanières souriantes comme des idylles, montagnes aux crêtes sourcilleuses couronnées de sombres forêts, fraîches et fertiles vallées arrosées par des ruisseaux joyeux, qui murmurent sur leurs lits de cailloux blancs, entre des berges de mousses verdoyantes, de fontinales et de cressons fleuris. Après solitudes, farouches retraites du désespoir, stations mondaines, égayées par des groupes de femmes blondes et des grappes de bébés roses, tout se retrouve dans ces jolis tableaux, toujours pittoresques, que l'artiste sait marquer au coin de sa personnalité, et dont l'exécution soigneuse et coquette fait autant de morceaux choisis. Entre tant de sujets charmants et de sites attractifs, l'œil va de l'un à l'autre, sans pouvoir s'arrêter, et sans oser choisir.

Pour ceux qui n'auraient pas le temps de tout voir, je cite, presque au hasard, et comme qui dirait au vol de la plume :
L'Entrée du Désert de la grande Chartreuse, *scène auguste, vraiment saisissante : gouffres profonds, sommets déchiquetés,*

arides, accrochant et déchirant les nues au passage, comme de blanches toisons, torrents profonds, suspendant des franges d'écume argentée aux roches noircies qui les encaissent, abîmes d'eau s'ajoutant à des abîmes de verdure ; et comme l'artiste a bien saisi le caractère des végétations alpestres ! Au bord du torrent, un inextricable fouillis de verdures et de fleurs, un peu plus haut, les hêtres qui s'élancent semblables à des fûts de colonnes, mélés aux chênes robustes ; tout au sommet les grandes sapinières, que traversent les vents, sombres comme la nuit, sonores comme les orgues gigantesques de la montagne.

Mais le paysage s'élargit tout-à-coup ; on dirait un changement à vue, obéissant au sifflet du machiniste ; d'immenses horizons s'ouvrent devant nous, et semblent se prolonger à l'infini. Dans le lointain on aperçoit la cime du grand Som, puis la Grande Chartreuse, reine majestueuse et solitaire, autour de laquelle, les montagnes, sentinelles jalouses, semblent monter une garde éternelle.

Nous voici maintenant tout près d'Aix, la colonie fashionnable, qui abrite chaque année la fleur des pois de la France et de l'Italie : dites si vous connaissez rien de plus charmant que ces cascades de Grésy, avec leurs riants moulins, ombragés d'ormes et de frênes, agitant au-dessus des belles eaux mouvementées leurs grands panaches de verdure ?

M. Gustave Noël a emprunté au Berry une grande et très-heureuse vue de Saint Benoist-du-Sault, jolie petite ville, coquettement assise au pied des grandes montagnes schisteuses qui se relient au système du Puy-de-Dôme ; la vue s'arrête sur les restes bien conservés d'un ancien prieuré bénédictin.

Nous voici maintenant sur les bords de la Creuse : ces vieilles maisons qui s'étagent en amphithéâtre, escaladant les flancs de la colline rocheuse, au milieu de touffes verdoyantes d'aulnes et de peupliers qui poussent de toutes parts, vous *représentent la petite ville* d'Argenton *aimable souvenir du moyen-âge.*

Cette curieuse église romano-byzantine c'est l'église de Gargilesse *rangée aujourd'hui parmi les monuments historiques.*

La Bretagne, si riche en vieux édifices et en paysages superbes, ne pouvait pas être oubliée par notre artiste, qui a trouvé dans cette belle et curieuse province le motif de quelques compositions charmantes. C'est ainsi qu'il a emprunté à la presqu'île de R'huis *quelques vues véritablement intéressantes; à* Port Navalo *en face de Locmariaquer, une marine fort réussie.*

Au Morbihan, où les femmes ont eu le bon goût de conserver le costume national, le sujet d'un petit tableau de genre intitulé : les Vanneuses de Truscat;

Dans l'Ille-et-Vilaine, *il a pris à Fougères, une des villes les plus pittoresques de l'ancienne France, d'intéressantes vues de ses maisons du moyen-âge et de ses ruines féodales.*

La Normandie surtout devait être explorée par un homme de goût comme M. Gustave Noël; le Mont-Saint-Michel, ce trésor des antiquaires, a été pour lui une mine inépuisable, tandis que les bords de la Seules, Rouen, Étretat, Fécamp et Yport *lui offraient leurs sites grandioses et charmants qu'il esquissait au passage.*

Je n'ai fait qu'effleurer ici les travaux considérables et divers que cet artiste laborieux, plein de conscience et de zèle, place aujourd'hui sous les yeux du public, ce juge suprême qui prononce en dernier ressort, et rend sur nos mérites des arrêts sans appel. Je n'ai point à les apprécier ici; j'ai dû me contenter de les signaler à l'attention de ceux qui ont bien voulu quelquefois s'en rapporter à ma parole. Mais je laisse à ses œuvres la tâche facile de le louer comme il doit l'être.

LOUIS ÉNAULT.

Fougères

DÉSIGNATION

1. — Saint-Benoist-du-Sault (Indre).

H., $0^m,40$. L., $0^m,90$.

2. — Château de Sucinio (Morbihan).

H., $0^m,30$. L., $0^m,75$.

3. — Port-Navalo (salon de 1876).

H., $0^m,30$. L., $0^m,70$

4. — Le Lendin, pont du moulin (Morbihan).

H., $0^m,30$. L., $0^m,70$.

5. — Vanneuses de Truscat (Morbihan).

H., $0^m,30$. L., $0^m,70$.

6. — Le Raliguen (Morbihan).

H., $0^m,30$. L., $0^m,70$.

7. — Le Croisic (Bretagne).

H., 0^m,25. L., 0^m,65.

8. — Bords de la Seule (salon de 1875).

H., 0^m 40. L., 0^m,75.

9. — Moulin de Gray, près Courseulles (salon de 1876).

H., 0^m,35. L., 0^m,85.

10. — Fontaine à Port-Navalo (Bretagne).

H., 0^m,40. L., 0^m,50.

11. — Tour à Fougères (Ille-et-Vilaine).

H., 0^m,50. L., 0^,35.

12. — Une rue à Fougères.

H., 0^m,50. L., 0^m,35.

13. — Tour Gabriel, Mont-Saint-Michel

H., 0^m,30. L., 0^m,70.

14. — Vue d'Argenton (Creuse).

H., 0^m,44. L., 0^m,22.

15. — Fontaine Saint-Gildas (Morbihan).

H., 0^m,45. L., 0^m,33.

16. — Rue du Mont-Saint-Michel.

H., 0^m,27. L., 0^m,22.

17. — Rouen, le matin.

H., 0^m,22. L., 0^m,57.

18. — Morat (Suisse), château de Charles-le-Téméraire.

H., 0^m,24. L. $0,^m$,27.

19. — Maison de Denis Papin, à Blois.

H., 0^m,43. L., 0^m,20.

20. — Pointe de Saint-Gildas.

H., 0^m,65. L., 0^m,22.

21. — Grotte, près d'Étretat.

H., 0^m,60. L., 0^m,62.

22. — Rouen, vu de la tour Saint-André.

H., 0^m,27. L., 0^m,30.

23. — Le Pilate (lac des Quatre-Cantons).

H., 0ᵐ,40. L., 0ᵐ,36.

24. — La grande Chartreuse de Grenoble.

H., 0ᵐ,45. L., 0ᵐ,31.

25. — Une rue à Yport.

H., 0ᵐ,50. L., 0ᵐ,38.

26. — Valengin, prison de femmes, près Neufchâtel (Suisse).

H., 0ᵐ,46. L., 0ᵐ,30

27. — Blois.

H., 0ᵐ,30. L., 0ᵐ,70.

28. — Église du faubourg de Vienne (Blois).

H., 0ᵐ,30. L., 0ᵐ,65

29. — Blois, pris du quai des Tuileries.

H., 0ᵐ,22. L., 0ᵐ,42.

30. — Saint-Aubin-sur-Mer, les roches.

H., 0ᵐ,62. L., 0ᵐ,60.

31. — Truscat, bords de la mer du Morbihan.

H., 0^m,46. L., 0^m,35.

32. — Truscat, bords de la mer du Morbihan.

H., 0^m,34. L., 0^m,58.

33. — Un chemin à Saint-Léonard, près de Fécamp.

H., 0^m,18. L., 0^m,38.

34. — Près Sarzeau (Morbihan).

H., 0^m,18. L., 0^m,38.

35. — Creuse à Gargilesse (couchant).

H., 0^m,20. L , 0^m,20.

36. — Chapelle Saint-Aubert (Mont-Saint-Michel).

H., 0^m,28. L., 0^m,34.

37. — Montée de la grande Chartreuse.

H., 0^m,44. L., 0^m,22.

38. — Château de Sucinio (effet de neige) Morbihan.

H., 0^m,30. L., 0^m,70.

39. — Un pont sur la Creuse (Gargilesse).

H., 0^m,22. L., 0^m,33

40. — Saint-Aubin-sur-Mer, un poste de douanier.

H., 0^m,24. L., 0^m,50.

41. — Prieuré de Lehon, près Dinan (**Bretagne**).

H., 1^m,33. L., 0^m,22

42. — Port-Navalo (la ville).

H., 0^m,30. L., 0^m,70

43. — Entrée du port de Courseulles-sur-Mer.

H., 0^m,26. L., 0^m,34.

44. — Chapelle de Haute-Ile, près la Roche-Guyon.

H , 0^m,35. L., 0^m,22.

45. — La Falaise d'Étretat.

H., 0^m,24. L., 0^m,34.

46. — Rue de Jerzual, à Dinan.

H., 0^m,23. L., 0,24.

47. — Aile dite de la prévôté à Fougères.

H., 0^m,30. L., 0^m,13.

48. — Bretonne (marée **montante**).

H., 0^m,38. L., 0^m,17.

49. — Bretonne (Sucinio).

H., 0^m,38. L., 0^m,17.

50. — Une croix (presqu'île de R'huis).

H., 0^m,38. L., 0^m,17.

51. — La grande Côte, à Royan (couchant).

H., 0^m,14. L., 0^m,40.

52. — Église souterraine de Gargilesse.

H., 0^m,29. L., 0^m,22.

53. — Cour de la porte de la Herse (Mont-Saint-Michel).

H., 0^m,30. L., 0^m,22.

54. — Tour, dite observatoire de Catherine de Médicis (Blois).

H., 0^m,26. L., 0^m,22.

55. — Yport (la plage).

H., 0^m,23. L., 0^m,49.

56. — Port-Navalo (la jetée).

H., 0^m,22. L., 0^m,50.

57. — Cascades de Grésy, près Aix-les-Bains.

H., 0^m,40. L., 0^m,23.

58. — Fécamp.

H., 0^m,22. L , 0^m,30.

59. — Château de Truscat, sur les bords de la mer du Morbihan.

H., 0^m,47. L., 0^m,38.

60. — Entrée de ferme à Crépon, près Arromanches.

H., 0^m,25. L , 0^m,22.

PARIS. — Impr. J. CLAYE. — A. QUANTIN et Cie, rue Saint-Benoît. — [248]